萬有醫始

自序

一

世界其實一點也不小。

盤古初開，宇宙一直膨脹。星宿獨自發育，在既定軌跡恆常運行；萬有引力下，每個星體亦與鄰近星體互相牽制，互相支持，偶然擦身而過，星火亦可燎原。

有趣地，人們的生活也跟星宿相差不遠。二十一世紀，我們很多人成長後，背上行囊，獨自在世界各地游走，以四海爲家。同時，我們又透過現代通訊科技，與萬里以外的親朋戚友保持聯繫，以語言文字去反抗寂寥。

站在浩瀚的全球舞台上，我們以自己熟悉的語言去認識陌生的話語，用既有的思考模式參透別國的文化；生活在異國的城市，由自身的角度去看待當地事物人情，既融入社會，亦同時誕生出新穎的想法。

我在香港成長，移居新加坡十多年。當既有的

基礎，遇上地域差異的刺激，剛開始時火花併發，繼而沉澱，逐漸走入自身的語言思維。把它們用文字記錄下來，這樣就孕育出一種文學。

二

撰寫這篇序時，我正在蘇格蘭享受著重返校園的生活。時間往往是充滿巧合，或冥冥中早有安排的。行醫多年，終於可以有一年的時間，重拾書本研讀法律；同時讀詩寫詩也有四年了，可以在這個時候出版第一本詩集，正逢今年四十歲，作為進入人生另一個階段的紀錄。

詩集取名《萬有醫始》有幾重意義。

醫生是我的第一份工作，十多年來，從香港到新加坡，在忙碌的臨床經驗中，看到、聽到、想到大量的故事和體會，確實有「血」有「淚」。我需要一種形式去記載，予以沉澱過去和重新瞭解，現代詩就順理成章成為這個載體，同時，行醫的領悟

亦滋養了詩歌的內涵。所以，第一本詩集與我的工作背景實在是唇齒相依、相輔相成的。

再則，在華語發音裡「醫」和「一」皆同音，所以「萬有醫始」留下了第一本詩集初試啼聲的印記。而且，「一」也衍生自另一個更重要的根本：這本詩集和我第一次寫詩的起源。

二〇一五年六月以前，我並不會讀和寫現代詩。跟大部分在香港長大的人一樣，只是在中學背誦唐詩宋詞（當然要感謝在天國的父親，是他啟發我背誦白居易的《長恨歌》），至於現代詩，只記得那時在學校讀過兩首五四年代的新詩罷了。因此要再次感謝「新文潮文學社」舉辦的「一首詩的時間」，在臉書一天寫一首現代詩，連續三十天；就這樣，我開始寫人生的第「一」首詩了。

在臉書群組中，那三十天與各位新來的和資深的詩人互動，啟發了我瞭解現代詩的美學：節奏感的基礎，運用意象的天馬行空，和最重要的在內容

和風格上，以反映當代入世的角度去重看已有的態度和意識。就這樣，我就走了一個比大觀園更宏大更瑰麗的現代詩空間。

從網絡回歸真實，與很多詩人成為朋友，加深對現代詩的研究；更進一步開始大膽投稿到華語世界的詩刊和文學雜誌，榮幸地受到編輯們的青睞，漸漸地令「小昭」（筆名）之名得到認識。

三

道家認為世間萬物萬有的本質、生成和變化是跟隨「道」的規律，因此有「無為」和「無不為」去因循自然。這些年來，走過的路總是充滿變化，多變早已成為永恆的現象，我亦要不斷學習在「無為」和「無不為」之間拿捏分寸。在現代詩的路途上，有順應機遇的時候，也有主動出擊的日子，一步一腳印，成就了第一本個人詩集的出現。

因此，詩集的編排也跟隨這個生成的過程。詩

集分為五個部分，由關於多年行醫的感受，而且很幼嫩的詩開始「望聞問切」；接著是關於情感的「情深欲淺」；第三部分收錄在各地詩刊文學雜誌發表的「初次登場」；最後走入第四和第五部分，以較熟練的手法去描述我對香港、新加坡和蘇格蘭「城市倒影」的情意，和對「生活日常」的詩意。

　　在香港長大，於獅城工作定居，今年到蘇格蘭愛丁堡進修；由讀醫行醫、寫第「一首詩」、到第一本詩集，一切似乎是偶然，更是忻然。這個故事，同時證明並沒有什麼是太遲開始的，人到中年，第一本詩集，第一篇自序，得以能夠實現，請讓我再次感謝新文潮，感謝新加坡。

　　世界果然一點也不小，本地的文學領域更加不小，你與我其實並不孤單。

周昭亮
二〇一九年六月，寫於蘇格蘭

目次

生活日常

望聞問切

深切

這裡冷氣深幽結霜，可以防潮
吹入一間一間隔離小房
呼吸機上閃燈模仿古代殘燭
讓一個一個虛弱肉體暫時藏身

呆在一眼關七的觀眾台
忽然幻想消失了的結霜橋 [1]
沒有阿公阿嬤高呼叫喊二手貨
各位悄悄看著電腦螢幕上走勢
心跳呼吸血壓都亂了
是誰下一個執到寶？

---

[1] 結霜橋：特指新加坡在雙溪路（Sungei Road）歷史最悠久的
舊貨市場，其於二〇一七年七月十日熄燈。

凌晨時分
方便上帝與魔鬼到二手攤檔
當所有數字都平伏下來
議價完畢　交易開始
靈魂與肉身只能靜待
等候一切以暗號和行規進行拆算

微亮晨曦沒有爲秘密破曉
成交價格買賣雙方全部緘默
何況現在可以切開循環再用
所謂故事，或許如煙泯滅
或許重新造孽
或許一代一代復古下去

白色房間──和潘正鐳〈牙膏〉[1]

小小天空不會風雲變色
一下一下的海浪聲
在旁邊整天囉嗦
可惜　看不見海鷗──
自由在飛翔

人們日漸寥落
任何話語已經默然
早說沒有起來的一天　可是
他們總以道德的柔道術把我絆倒
讓日子　還要重複圍繞我
走過

---

[1] 潘正鐳〈牙膏〉，見潘正鐳《再生樹》（新加坡：大家出版社，1998），頁 16–17。

又是無聊的一天
呼吸頓然急促
我在空氣中捏出一條蟲
讓他下床
行走
所以在我變成蝴蝶之前
再度嘗試跌下的滋味

傷口

揭開甜美的紗布
自私赤裸裸暴露在光天化日
傷痛慘不忍睹
爲何熱情總要挑戰冷漠

溺愛一點一滴蝕骨
只有上帝才知道是蛆蟲還是傷口更痛
星星月亮也來贈慶 [1]
既已遍體鱗傷爲何仍然絡繹不絕

雲端中，天國之梯滿佈荊棘
你願眼淚流乾還是血染成河
筋骨早已腐化傷口
爲何還要誠然前來深舐

---

[1] 贈慶：粵語詞彙，按語境可指湊熱鬧或幸災樂禍。

眼淚

你是不期而遇
無色無味的刺客

你喜歡跟隨銀幕上的誓言
滴答隱晦地漸露閃色

你看到垂死狀態的父親
一行一行，背上內疚味道

遇上無緣無故絕情
你蜂擁竄出融化臉上的穿花蝴蝶

此刻站在萬人之上
你流過精心編排的劇本
恣意刺殺人心
收買一人之下所有的眼淚

絕症

黑色的線有規律地起伏
每分鐘七十次
更多黑色線在晃動
清醒或沉睡時
報告沒有癲癇心悸跡象
醫生命令記下生活事宜

七時
今天巴士總站
如南極、如半夜的音樂廳
如冥王星、如發霉了的錄音帶

八時
他們來了
不過地上竟然沒有雪印

九時
兩頰紅紅的司機們好像比平常
吃了更多草莓

十時
新來賣報紙的老太婆
送上冰凍可樂
放在頭上
去撲息臉上的潮熱

十一時
噢，不知途中是否踏上鳥糞？

十二時
嗅到他的剪影
快點　　快點
彷彿地震了

腦震盪心臟
他走得比平常慢
或許鞋底有東西黏著
他今天的香水怎麼像強心針
頭髮被吹亂了
一怔不動
他吃過草莓的嘴角向上揚
靜靜地向我說一聲
你好，早哦

手術前後

有點兩難
既然風來了
樹木很默然
葉子很靜止
各方婆娑安慰
鎮定發佈平穩
奮力撐起雙腳
嘗試緩緩吻向風聲禱告

有點兩難
爲何風來了
森林很騷動
泥土很鬆散
各方輪流獻計
忐忑暗忖欲墜
無力躺下身軀
惟有躲藏被子裡淚泣詛咒

生命

從頭頂出來
掉落一公升流言蜚語
放下血肉模糊的毒箭
曾幾何時連綿回眸
你的幾百萬藥物
和我的一元銀幣之間
還有另一片空間

往陌生的床倒下
流走一加侖鮮血
經歷船過無痕的痛苦
輾轉反側禱告
你的貧窮國籍
和我的富裕國籍之間
依然無奈脆弱

從陌生的床爬起
學習四腳拐杖匍匐
忘記蒼涼的新記憶
只有長年無聊電視劇慰藉
你的成功
和我的失敗之間
其實殊途同歸

頭頂先出來
吸入第一口六月燒煙
迎接六十億人的大話荒謬
當時舉家慶賀快高長大
你被電擊後的睡意
和我麻醉後的清醒之間
只是一刹那

回答不了的問題

小孩問父母
從此
　　沒有問題

學生問老師
漸漸
　　問題都一樣

太太問丈夫
有一天
　　　丈夫就是問題

人民問政府
得到的
　　總是沒有答案的答案

病人問醫生

其實

　　自己最明白最佳答案

誰

漸漸失去記憶的人
他們的身份是什麼？
膚色　財富
國籍　職業
這一切
只是過去的拘泥
如今
自己的姓名也掉到海峽去

過去的記憶太擠擁了
意識時光倒流
回到人生盛夏光年
「怎麼永遠放不下？」
曾當酒吧侍應的楊伯伯坐立不安到處招呼醫生護士
陳阿媽長年照顧家庭靜靜地把病人服重複褶疊
退休華校校長黃先生披著外套架上眼鏡閱讀早報

當下的記憶太空虛了
意識隨風而去
行住坐臥一片混沌
「今早你們吃過什麼？」
楊伯伯說豬腸粉
陳阿媽說 Roti[1]
黃校長說魚粥

將來的記憶太無常了
意識停留定格
未來一片黑暗物質
「明天你還愛我？」
楊伯伯孤家寡人只想逃離病房四處闖蕩
陳阿媽目不識丁只懂褶褶疊疊左抹右擦
黃校長字正腔圓只愛沉浸字海上吟下寫

---

[1] Roti：馬來語，指麵包；新加坡人日常用語。

還未失去記憶的人
他們的身份是什麼？
膚色　財富
國籍　職業
這一切
只是現在的執迷
往後
呼吸、名字與海峽共存

日與夜

不要再問三更半夜還是半夜三更，不要再問風和日麗還是日麗風和。為何再問姓什名誰，年月日時，身處何方……

畢竟日與夜分不清了。

人們說這是失智症，不懂。我卻意識心臟在跳動，肺仍然呼吸；別人把食物放在唇上就張開嘴巴，大便小便來了就上廁所。

畢竟日與夜分不清了。

我相信我依舊意氣風發年青俊朗，每天在病房走廊笑、說、罵、想，每晚在家裡喝紅酒看電影聽音樂。猶如回到過去，電影倒帶一樣，時光永遠停留在從前。現在周遭一切早已沒有關係。

畢竟日與夜分不清了。

病了，只感到痛。家人來了，只覺得他們面熟。昨天有人說，得了末期癌症，死期將至。我想問什麼是死期？為什麼那些面熟的人哭得肝腸寸斷？死是這麼可怕？

畢竟日與夜分不清了。

日復一日，還要問什麼是人生意義？當陽光燦爛，我聽見小鳥唱歌猶如交響樂；當明月低垂，我感到晚風拂面，好比紅酒的醉……

是日是夜。其實一切不再重要。

情深慾淺

嗜辣

我們曾經一起嗜辣
空氣凝固成紅色
帶著我們的倒影
浮動在兩碗雲吞面

辣椒油沒有在擊撞過程中
同姓相近、融合
彼此異曲的辛勞
咀嚼聲音擴大
與牙縫里的幼面糾纏

血紅色牙齒後面
說話未曾透過雙唇
傳到那年的格拉斯哥
為黑咖啡調上
微辣的漩渦

聽說那些日子
您以肺勁力去抽煙
只爲無重白絲經過舌上
那個永恆形象
在後樓梯間
留下最後痕跡

又再與愛丁堡相逢
中秋涼風獨自清淡
遠方古舊煙囪
飄不出白煙
爲滾熱日本拉麵
增添微塵般的五味粉

存亡

你把我帶到一個不知名城市
那裡沒有風沒有光
山上墳墓無視細碎腳步
樹下蟋蟀在炎夏無聲發夢
然而汗水在大雨中傾斜
畢竟大海無緣見到日夜顛倒的工作
亦無法理解不能逾越鹹度的生死
大廈孤寂地站在浮動想像
只能領悟住在當中的人
無神無主地
拿著手術刀為自己的生活
剖開糾結
再用自動溶解針線
牢固縫合
樓下交感神經上車輛亂竄
在迷宮中惟有用身上剩下的藥丸
投放地上引路

為無痛的日子灑下苦味
記載那段沒有目錄的青春

你死亡消去
我存活過來

第一章

當分針和時針重疊
黑夜拒絕膨脹

太陽瞬卽消逝
穹蒼上八十八個星座
在漆黑無物的背景
變幻最後芳華

「眞空中我們的心消失了」
我捉緊你雙手，回應著
「眞空中仍然有你與我的時空
我們的痕跡」

秒針默然逆行跳動
星河塌陷時分瓦解
我們的所作所爲，被黑洞
扭曲到舊約的第一章

夜了

我躺進黑夜的頻率
你走到晚上的邊緣
為了聽見北極星呼吸的聲音
泡一杯溫熱咖啡
呼出一句苦澀禱告

流星打擾星座間的對話
霧霾糾纏著樹枝
填補葉子間的震動
讓北風帶來
冰冷的最後喘息

我們互相凝視
一起為那種陌生語言
付上詩意般的微笑
寫下一段沒有句號的夜晚

泡沫

肥皂泡違背了他的諾言
沒有攀上那抹彩霞那片雲端
你還記得那個深吻
那個讓我窒息讓我溺斃的浪潮
印刻成肥皂泡的反映

為何沒有方形的肥皂泡
如實重現晚春中散落的櫻花
你還記得擠在我們心扉的花瓣
一再緊緊的猶如時間靜止地擁抱
凝聚在沒有扭曲的肥皂泡上
重塑那細緻的深刻的肌理

俊美的肥皂泡，彷彿
注定吸引其他泡沫的牽連
你還記得我執意排隊的泡泡茶
你從不知道那細軟的珍珠在口中滾動
比虛幻的七彩肥皂泡更堅實
再一次喚醒滑動中的磨擦

你不記得帶走那瓶古龍水
我把它混入沐浴露，在冰冷的浴室
攪動中昇華的肥皂泡，飄遠
至少，還剩下一絲餘香

情動

閃爍的清風騷動了情愫焦點
眉宇間晃忽著摩斯密碼
震動缺乏酒精的血液
霓虹燈讓眼睛染紅了飄散青春
桌上薔薇支撐了大半天
吐出紅得發紫的香氣
舌頭上可樂被燻得苦腥
或許，風發勃然的朝花總會夕拾
聽說洞房前烈酒善於壯膽
鼓動沉靜良久的漣漪
滑過喉嚨間冰雪的清酒
激起比煙花更實在的刺熱
街上月色拒絕千載獨酌渲染
皎潔地為歸途投射出暗晦的身影

栽花

前天，塔羅牌洩漏桃花香氣
昨天，紫微斗數亦作動了紅鸞
今天，星座結語竟是情色凶兆
我惟有乞求菩薩

啟示無奈是七言絕句
我不是詩人
說話文字既無詩亦無意
或許他在苦笑勸勉
還請閣下努力咀嚼佳作
拼寫一盤一盤的玫瑰

往事盡然花開花謝花落
現實中野獸的血腥在匍匐
抽一張命運彷彿允許窺探未來
你說一字一言除了情深
更要動人

記下你的一筆一橫
經營鳥語爲了等待玫瑰結果
花香無力消散刺血的缺陷
所有預言
只剩下一堆果陀

軌跡

早已遺忘了淚痕
眼淚重蹈覆轍
沿著乾澀路軌
駛入無盡的黑色眼睛
尋覓視網膜上對倒印象
縱然場景人物蠟化
變成黑白畫面
剩下嘰嘰喳喳的寂靜
他身上的詩人味道
把筆劃紋上我的掌心
我亦沾染了他朦朧況味
他僵硬的手
用火把車票燙印
只為了避免一切開始
印上的疤痕
如今失去焦點

風塵

頷首輕輕哼著
古雅的老歌　音符圍繞
那雙下垂的乳房
彷彿五線譜可以撐起
她們
讓流逝的嫵媚　重回

纖窄的長衫早不合身
更與四周青年衣服店鋪
格格不入
不知誰錯了節奏
舞伴總要吃力地
跟上錯過了的拍子

馬路對面有一雙眼睛
盯著
鼻樑直挺
屬於一個高壯的身軀
碎步匆匆地走過　回轉
低頭道
「多少錢」

漆黑房間充滿體溫
敏感的手指四處探戈　尋找
更誘惑的濕度
還有更熾熱的堅硬
久違的電流刺激　期待

年少氣盛果然把持不住
舞步沒有對齊
一聲長嘯合成樂章完結的和弦

沒有回音
四壁謐靜　只餘下毫無音韻
假陰莖持續震動著的
假高潮

觸及

徐徐煙火刹那地綻放
降下
然後與空氣融和
縱然這並不是歡樂的日子

然後雷電轟然讓天與地
接觸
卽使比刹那更瞬間
也曾有過一絲慰藉
何況這本是個不該下雨的季節

突然你我兩眸相遇
低頭
再看　再三凝視
視網膜隔空釋放脈衝
腎上腺素隨卽湧出
控制不了心跳的異常

奔騰血液一直跑到無名指
緊箍咒發出電擊
微痛
平常的日子特別虛幻費神
迷濛的天氣
充實地　觸及
一位不存在的情人

初次登場

第一交響樂 · 國

第一樂章 · 展示

阿萊農姑娘[1]啟示畢加索
試爲點線面體[2]創新指手畫腳
顏色光暗升上神檯
起壇呼喊誰對誰錯

標準答案吞噬油彩
框架穩固卽黃袍加身
畫布傳承一點視角
一代又一代正虔誠地膜拜創世之神

---

[1] 阿萊農姑娘（Les Desmoiselles d'Avignon）：畢加索（Pablo Picasso）第一幅殿定革命性立體主義（Cubism）風格的畫作。

[2] 點線面體：點線面體思維模式，最早由曾鳴教授提出的，是企業方面的戰略定位思考方法。

妓女們報夢凡夫學子
解構每個軀體恣意擺放
四權分立砌出立體主義
妄想建築國家乳房成為多點透視

不過世人更愛柴米油鹽
躊躇追隨牛頭馬面引誘畢加索
共舞於七個情人
放棄地獄遊記但求昔日絢爛

放逐壞公民爛畫家
這個模出來的將來
但丁靈魂也不屑
虛擬網絡早已超越三界

但願板橋耳根清靜

第二樂章 · 餘韻

從沒意識枯燥文字可以如此裝置
彷彿音符隨便游走黑線與空隙
和聲音階都無理
不協調地侍奉春之祭禮 [3]

凡爾賽宮 [4] 優雅的巴洛克
正在附庸地華爾滋
和諧地呼喚金碧輝煌
隱晦地向藍白紅招魂

---

[3] 春之祭禮（Rite of Spring）：史特拉汶斯基（Stravinsky）於
二十世紀創作破格的不協調現代音樂作品。

[4] 凡爾賽宮（Palace and Park of Versailles）：位於法國巴黎西南
郊外的文化遺產。一六八二至一七八九年曾爲法國王宮。

小島國旗喜氣地飄揚
糾結光輝歲月起舞
七月未至滿天神佛
陰魂不散倒是餘音暗渡

從沒想像飽滿的手指
讓琴弦的音色更圓潤
好比文字零亂錯落方格
平上去入喧鬧地哀悼國家的乳房

第三樂章 · 躍步

倏然探戈邀請靜聽
哭訴，而然文字卻步
細看　阿帕拉契之春 [5] 的手段
誰說明知故犯，不可？

曲，轉又轉
跳拍
律，俊與俊
破戒
步伐搖曳一致，錯落無痕
不經意偷步眉目傳情
慰藉曖昧的旋律

---

[5] 《阿帕拉契之春》：*Appalachian Spring*，為 Aaron Copland 所作之交響樂曲，於一九四四年首次公演。

墨，寫再寫
枯竭
筆，直非直

迷茫
拋掉平上去入，擲地無聲
即使意識參差無調，仍舊堅持
合奏羈絆的漩渦

或許字句行間滲透
蔑視，假若腳步出賣
眾神慣例，褻瀆牛頭馬面的節奏
離經背道，未可？
既然機會率從未平衡
凡人早已超越合理懷疑

第四樂章 · 空間

沒有神像
沒有高塔
沒有彩色玻璃窗
兩撇灰鬍尖銳高傲上揚
混凝土建構不規則厚實圍牆
大小窗戶不經意地透出天堂之光

靜坐中央我領受不到神聖
光影交錯反而滲漏點滴靈氣
你嘆大逆不道蔑視創世紀
圓環眼鏡卻擋不了柯比意　眼角微揚
他輕視你的守舊專制
走不出模範框架何以窺探啟示錄

遊蕩方格我無意攀附衆神

句逗凌空無調交織詩意

你們碎念既無花鳥蟲的工整

亦無梅蘭菊竹的氣魄

淺嘗煙斗他們輕唱無序音階

無視東西南北默然聳立寧謐高地

侍奉創意於祭壇爲表達鍍上靈光

筆幹胡亂躍動在白色舞台

文字足尖輕蔑地飄揚

沒有板眼拍子

沒有道理

沒有主義

——刊於新加坡《不爲什麼》，第 6 期

藥石無靈

一

一毫克眼淚
早午晚的心血，混和
十分的痛苦
是不是我與你的火花

假如阿士匹靈還不足以
讓我流更多血
彌補那殆盡的火焰
假如你還要放入更多醋意
折磨火苗的掙扎
我只能以胃藥調和
得以喘一口氣

呼出一生最大的勇氣
邀請你與我跳一場禁忌的火舞
麻醉那雙赤裸的腳掌
忘記前塵來世的苦藥
以血淚餵飼這隻情獸

而你，施捨我更多的鐵質
用以製造無盡的血
讓我以烈焰的血把淚海染紅

假若世上有情醫
請給我醫治失智症的仙丹
在地獄火湖的深處
對抗孟婆湯的苦心

二

輕輕地把歷史肢解放血
慢慢加以硫酸毀容
再用盒子定性
付上咒語放進冰箱埋葬

沉默的怨恨拒絕腐爛
細胞頑強分裂——
無盡的謊言
冰箱的門仍是禁忌
榴槤的味道卻滲透蔓延所有鼻孔

黑膠唱盤無休止轉動
一樣的可歌可泣在流傳
舊的眼淚絕跡了
新的耳朵畸型了——
唱片上的坑紋已經發霉
奏不出放血時的旋律

法醫壯大膽子
粗暴打開冰箱
把咒語解凍呈堂
讓冤魂的流言作證
只是法官對榴槤敏感
裁定將盒子放入棺材
擇日入土為安

三

經已三十個月，只有
白色的天花板和風扇
轉、不停地重復

偶爾他們過來
看一眼，問幾句
然後搖搖頭匆匆走開

他都會準時坐在床邊，每日
早已習慣，沒有太多言語
他明白，只有我們的眼睛能交流

瀰漫空氣中的咖啡香，是他帶來的
不懂唱歌，他下載了貝多芬
竟然被呼吸機的節奏打亂
還好，被他的手捉緊，靈魂還未窒息

曾有人說：做愛不需要很大的空間
此刻，我們的空間
就是一張只有號碼而陌生的床
一雙仍未冷卻的手心

──刊於《季風帶》，第 11 期

下班後，茶几上的情書

你知道海浪曾經羨慕
我們在沙灘上的足跡
貝殼更用他的大耳孔
偷嘗我們的甜言密語

你知道山風妒忌你的
氣魅，他正恣意低吟吹散
樹苗也忍不住向你討教
高大英偉的秘密

你知道藍色繡球花
永遠迷戀自己孤高的
色彩，卻總喜歡聯群結隊
蝴蝶都站不住腳

你知道電梯只會
陪伴乘客到樓上和地下
假如鋼纜引領至左右的風景
懇請打開牢門

你知道飄浮的衛星
經已認不出地面的訊號
細心照料的鴿子放盡
而然收到地心引力的排遣

你知道烈日照射
我寧願被你的人皮包裹
感受那僅餘的體溫
大雨霏霏的日子
灑在胸膛的傷口
是我們在被窩的濕潤霖霖

你知道今天我搬走了
這是最後一封情書
除了晴天和雨天
我知道
我只能帶著一個沒有鑰匙的鎖

——刊於台灣《葡萄園詩刊》，2017 秋季號

大掃除，茶几上的鑰匙

茶几上的鑰匙開始僵硬
半年來，睡在木板上
並無打入防腐劑
不至於生鏽

打開信件那天
猶如開棺驗屍
早已知道死因
你又何必咬文嚼字

海灘拾回來的貝殼
偶爾吐出酸辣的泥沙
還好，順便轉移
給那盤藍色繡球花自賞

著力掃走茶几上的灰塵
昨晚又偷了一塊玻璃
輕輕蓋在鑰匙上
讓我繼續瞻仰遺容

——刊於台灣《葡萄園詩刊》，2017 秋季號

廿年

一

旗幟無風中飄揚
沒有上帝的見證
日落後溫柔地下降
星星上升中革命
啓示傷痕默然地喚醒

初夏的子夜
全城的睡床仍然冰冷
空氣被煙花燒熱
夏蟬隱約四散的悲涼
凝止不了燥動的心寒

廚房傳來熱窩翻騰的聲音
牙縫中埋藏著的大蔥
朦朧地吞噬奶茶的餘韻
半鹹半淡的誓詞灌入腸胃
刺痛不黃不白的心扉

用聖經烙印新鮮的傷疤
在創世中傾城之戀情
惟有
用詩句抱緊包裹
懷著一份沒有血染的夢寐——

二

太子站界限以內
前面是可愛稚氣的英文
後面是蒼老沉實的廣東話
黑暗的隧道，不懂
帶來向東還是往西的列車

天星小輪跳板上
右邊帶有懶音在說笑
左邊字正腔圓地附和
白天的波浪，或許
引來左派或是右傾的世界

刹那間感知意識的投射
無空的現實理應相同
竟然憑藉回憶和反思作籌碼
駛進通往未來或穿越過去的既定時空

三

聽說　失望的時光
消逝得特別快

聽說　催淚的地方
國度更沉淪

聽說　無恥的說話
讓經濟攀附飛黃騰達

聽說　謊言的時代
充滿沒有戰火的鬥爭

以神之名
你說　沒有希望的夜晚
僅有的正義只是曇花留下的迅暑

四

無以名狀的結合
引發永恆的分裂
探頭深呼吸
渡過生活中
重覆輪回的碎事

踏上時代的一刻一划
尋覓空間里

一抹白蘭花香
淺嘗頃刻間的
感動和慰藉

或許奮鬥千次
與阿修羅同渡彼岸
披荊斬棘
日復一日
留下傷痕

只為消逝前
沿著纜車登上山頂
化成一縷爐香
輕浮分裂為
無以名狀的止盡

——刊於香港《聲韻詩刊》，第 40 期

對倒

一

粗糙的碎片只能拼湊一塊蒼茫的面容
燈泡照不透白髮裡油墨字粒的點描
只找到水銀滑過指縫流瀉地上
如斷線珍珠般一個一個片段存在
天空沒有為獅城渲染半點劇本的提示
地上記載青春的塗鴉亦被衝刷流落
獨幕劇隨意走動不留痕跡
偶爾只有騷癢般的笑容和哀傷——

魚尾獅後的郵局門前，電車軌道
或許已跟埋葬地下的光纖為伴
用零碎的脈衝重描電車廣告上
那隻永恆獰厲的啤酒老虎

二

光影以外無盡的過去時空驟然重臨
鐵輪每天運轉沒有為各人的現在留痕
縱使滑動智能手機亦未能探索將來
何時盡然何處了結何人相隨直至
呼出荼靡，彌留於維多利亞城
化為灰燼，既是他也是你亦是我
再度追蹤仍是捕風捉影惟有剩下一盤
混雜的不朽和罪孽不時大做新聞——

定格情侶坐在冰室的角落
昏黃的吊扇讓一切倒流
沿著軌跡隨隨往西邊搖晃的電車上
依偎一起流進烈焰無邊的止境

——刊於香港《聲韻詩刊》，第 41 期

似非而是

沉寂地移開塵封的床墊
最後的一件傢具
沒有減少搬家的煩惱
工人輕巧瞬間一移
布紋和軟棉之間的故事
從此孤零地被堆疊在填埋場

緗黃的信件上青澀的悔疚
連同面簿上無用的潮流訊息
以現代的步伐交織成耳鳴
無盡地泛起波瀾，讓創作失眠
怠倦地在電話上浮動，醒來一刻
竟然拋棄比擁有更昂貴

垃圾站裡的玩具回旋木馬
在黑白的雨聲中垂死轉動
故事的高潮和低汐交替
模仿重生與再逝的浮現
老匠哀悼地撫摸生鏽的零件
耗費的修理令人默然嘆息

陳年舊劇本中的老死病生
聽說規限在床墊的四方形邊內
連綿地飾演各場悲歡離合
訴說游走於執著和放下之邊緣的對白
只是床單無力留下動人的字跡
惟有徒然地等待虛無落幕的一剎

讓掌紋里的是非
再度自由地獨白

——獲新加坡詩歌節 2018 優異獎

百年以前——二〇一八年愛丁堡・第一次大戰紀念日

這樣子世界慢慢運行了整個世紀
通往城堡斜道上一切靜靜禱告
大西洋西風登陸島嶼後肅然佇立
灰濛濛的天空也停下善變腳步
石塊被馬蹄、坦克、疲乏戰靴打磨洗禮
他們帶來海峽對岸淡淡的惶恐
刻上各個民族基因的血液烙印
在風化石道上編寫最後存活的經文
風笛音符穿透教堂彩色玻璃窗
投影一部無動無聲的世界故事
還原百年歷史翻開荒謬自大
讓我們為依然血腥的微雨默哀
尖塔時鐘規律向前攪動清澈威士忌
漸漸隱晦奏動天佑吾皇的苦澀

——刊於新加坡《赤道風》，103 期

蘇格蘭微涼

風的味道不再趨逼
黃葉更加謐靜
遺留石塊之間空隙
陽光傾斜透視
折射遠方飄渺的微笑
面頰皺紋漸漸被吹乾

橙色杯緣塗印茶漬
映照被風化了的上世紀人物
雕像於古道一角擦動風笛
高嘯低回，交替呼喚
空氣在五線譜間拉扯
流傳整個城市的足印

雲端把藍天畫上界線
小孩子在邊緣之際
順逆之中、兩代之存在
拋下硬幣
以脈搏節奏單腳跳飛機
爲命運符號踏下賭注

跨過經緯交錯
白鴿降落田野方格
拍一拍羽毛隔駭之風塵
隨著現代語法規律
躍度發黃霉味信簡
翻譯這個時空的掙扎
在依附的國度喘息間
再一次把孤單星圖重新繪塑

——刊於香港《聲韻詩刊》，第 45–46 期

城市倒影

餘恨中的雨痕──重回香港 2014－2018

雨後牆壁上留不住塗鴉痕跡
刺眼氣味拼命把斜影定格
讓彩虹刻在即將消逝的靈魂
滲入古老銅像的心扉

　　寬闊的車頭窗屏上
　　記載了晨光中無數雨絲
　　寄望沒有乘客的巴士
　　獨自在還未開墾的土地
　　輕輕刻下一道痕跡

春去秋來烈日依舊凶猛
把整個城市的思想赤裸地蒸發
飄散到海旁大廈的花崗岩裡
凝固出一段又一段成就

高樓和樹木默然後退
透過玻璃窗上水點
拼貼了一幅如絲的印象
浮動中瞬間投影
無力爲城市留下一點餘韻

嫣紅的天空融化不了深刻的冷漠
時間如煙瀰漫在歲末雨季
灑下比一分一秒更短暫的音符
伴奏命運中既定的絕對

路旁粥店飄出雲霧蒸氣
在嚴冬裡召喚空虛的靈魂
讓飄零軀體奮力駐足
慰藉勞累的希冀盼望
爲未來畫面鈎畫夢境

雨痕改不了選票上記號
墨跡色彩渲染出無盡謊言
把深陷在土地的質感紋在現代文字
擊進黑白歷史照片里止盡的和弦

　　黃豆落盤的雨聲在渲囂
　　車尾窗面鍍上了一層浮光
　　折射出一抹玻璃色天空
　　隱晦地照射著濕透路上
　　車輪紋下一雙深遠的雨痕

到站了，車站中
剩下一顆曾經泛起掠影的心坎
此城，寒風裡
遺下一個破曉中多情的記憶
繼續流浪

白布鞋

我們為自己上學的白布鞋，用心血
塗上我們的顏色，套牢細小腳上
鞋帶沿著軌道縛繁著故事引領的大綱
踏進每天國度，跨過各區汗水

赤道天氣令布鞋皺眉，瀝青上
快要融掉的文字，穿插了可圈可點的
標點符號，斷續地覷覦情節裡
為解讀依附在痕跡上規劃了的路徑

大雨在特定時間降溫，布鞋承受著
無止盡沖刷，在濕透的大白晝
試圖在前人努力留下的模糊筆印中
尋找已經失去呼吸和心跳理由

山壑漸行浮現輝光，也只能爲漂白了的布鞋
勉強地每年鍍上一層又一層金色歷史

五點鐘

天黑了
在尋找熱湯路途上
只有虛擬腳步
未嘗到紅酒的天色
已踏入將要關門咖啡店
「來，一份吞拿魚三文治」
臉頰上一刻淡然溫暖
似有還無翻開相簿
打擾你在遠方的夢境
趕緊留下一點相伴咖啡的餅屑
讓血液循環的證據
得以塗染現實
酣醉都被牽引到冰點空氣
凝結星期一的情緒
誰說北極變熱了？
寒風把所有屋頂的風向標定格
指向極光的希冀

把街上佇立多年紅色電話亭復活
聽筒另一端傳來
「一起加油向前邁進」
夜未深

不知道

你不知道我的晚上比你的長
雖然我們同在獅城

你不知道我吃的宵夜比你的苦
雖然我們生活在白沙鎮

你不知道我回家比你更晚
雖然我們同住一座組屋

你不知道我的期望比你的小
雖然我們的家同在一層

你不知道我的愛比我知道你的恨更遲
因為我們同睡一張床

還是遺忘

幾十年貫穿旺角東西塵風思緒
此刻走進回旋不已的十字路口
遺下靈魂，還是靈魂忘了我？

洗衣街輾轉虛度身體至粉碎腐朽
跟隨異國行李擠擁在路上滑行；
即便厚重寒衣也無力隔絕城市荏苒
傳統餅店染香花園街，還是花墟？

唯獨赤裸記憶保存世紀車站的名字
遮蔽星空霓虹，倒映在黃昏漣漪
招喚飢餓慾望人兒識途流入新墳地。

烙印半個世紀的味道是奶茶，還是咖啡？
答案蘊藏煙霧內曾經花容失落的面孔。
還是轉身，玻璃門浮現班駁皺折的現貌
晃然洞悉身份已變遷，失智在百年的彌敦道上

大寒

風聲遺忘了南北指向
在陸洲上、海洋上竄逃
偶意爲風車轉載煩亂
順應時光又或叛逆了思緒——
這時候鳥暗示人們徘徊中的冷峰
和遠方的暖陽咀嚼鵝肝後
等待紅酒的微酸和苦澀
爲無序的渴望,照射正在飄忽的慰藉
——蘇格蘭人在屋頂寄存風向標
每分每秒爲痕跡刻畫
活著的印記,存在的軌跡
期望留聲機重塑心動的頻率……
樹葉中鳥語的故事隨風飄落
寒風流過枝椏卻刺不上靜謐的片語

第一故鄉

遺忘了這種突然而來的煙雨茫然
樹木卻選擇山峰錯巒，邊緣定居
覷覦前面和背後傾渺而成的沉重

城市窺探冷傲與熱熾當中的縫隙
路心，電車東西雙向剖切途人脈絡
裂痕深邃地展開兩種寂靜的方言

我竟然沒有忘記攜帶陳舊雨傘
在車站，思緒俯瞰無痕的隔駭
惟有後退半步以舊記憶注腳站穩

夜深未曾把城市雲霧染黑
昏黃路燈的輪廓如刺骨北風，扣上外衣
兩邊平行拉鍊途中極力攦住

雨水流落傘骨記錄天地之間齟齬
疏落滴答在鐵軌填補失去節奏的叮嚀

白與黑

剛剛搬進新組屋
長方形標準尺寸
裡外粉刷奇白，不大不小
只可放入幾個棺材
旋轉吊扇不停催眠

白天靈魂出竅，浮入地鐵
好不容易擁擠到鬧市
烈陽下匆匆演出一天的戲劇
人永遠不停，樹永遠不動
畢竟是生產把人類自動化

聽說鄭和沒有帶寶貝同行
我想，漂下西洋，或會若有所失
人海一浪一浪地衝蝕孤魂
著實心不在焉——

漂泊是我的家園，終歸
帶著矛盾向前行

終於圍起一枱炎熱的午飯
靈魂各說各自的故事
汗水化不了碎事，還要加辣加醋
不知是麻辣還是麻醉
倏然詩人打破方格的規限
把所有裝滿禁忌的瓶罐打翻——

開了。破了。流了。掉了。
臭了。爛了。沈了。化了。
走了。過了。毀了。滅了。
消了。算了。沒了。忘了。
然後，就全都黑了

注：創作靈感來自新加坡劇作家郭寶崑的不同劇作，詩作最
後一段是完整地節錄自《靈戲》的最後一段。

85

移居前請選擇性失憶

這樣的新聞看來不被刊登
委實雞毛蒜皮

昨天下午四時，宏茂橋
七道，一輛汽車非法掉頭

司機為華裔外國人，在沒有
「准許掉頭」指示牌的十字路口

迷茫卻又似乎合理地
沒有批准證書非法把車輛駛入對面相反路線

被告辯解在家鄉皇后大道北
任何路口（只要沒有「不准掉頭」指示牌）

都可以自由開放地走入
相反不同方向另類目的地之途徑

收到告票，被告有說不出的苦衷
沒有指示「可以」或「不可以」就是不可以⋯⋯

另訊，政府建議社會去除生產力寄生蟲
《全體國民思維跳出盒子》，詳情請見明天大字號特刊

平行的備忘錄

這個城市從不缺乏烈陽的日子
濃熱讓瀝青路面徹底熟透
街上路人和汽車惟有快步跳躍
深怕被漆黑中的千層糕燙傷黏附
修路工人憑著記憶把斷層逐片揭開
試圖尋找早已埋葬阿公心底的痕跡

他們曾經手牽手跳上隆隆的電車
沿著鐵軌大白天從橋南流滑到橋北
花式溜冰般優雅地經過印度廟
鼎盛香火令他們的輕吻幾乎窒息
幸而古老回教堂剛好響進眼角
路旁花攤喚起電車的終點彷彿是芽籠

阿公曾經多少私情浮過同一條時空
隱瞞不過沉實而歷久不鏽的路軌
二十一世紀現代世界善忘又推陳
寧願鋪滿更多滾熱的瀝青令真相窒息

生活日常

致生活日子

曾經，藍色的風穿過升降機
包圍了冷漠的困惑，拼命攪動
手錶時針，漫不經心轉向
沒有溫度的歷史，瞪視亙古的聲音

震動後，無形牽引上升的氣壓
無色無味無香無休止
把樓層按鈕次序重構成多維幻方
織結著層層疊疊的魚網
密封皮膚上毛囊的呼吸

反作用力強迫腳踝神經
通過脊骨既定程序
編排步伐，踏在重覆的街道
迫使鞋帶兩端，窸窣
急速流動中的滴答

終於悶熱濕氣懸浮在睡床
迷糊了過去式的沉思
與現在式的浪漫，溶解時針
和分針的牽絆，夢境中
沒有顏色的菲林，凝鑄
失去關連的動作

神經脈衝聚成下降的氣流
看不到底蘊
寫不出注腳
無重力的句子
漂白後的潛意識
在一出缺乏舞台的默劇
上演一段漆黑中的獨白

秒針以五秒或七秒
往東南西北隨意跳躂
不規則旋轉的黑膠唱片
腳尖試圖找尋，毫無意義的
片段，剪接一首
無伴奏舞曲，為明日
在鋼索上的芭蕾舞，於稿紙中
點描幽遠的禱告

夜曲

威士忌不能填滿的希冀
讓花瓣隨水流逝遊蕩
一刹那
從現在竄進過去

琴弦共振蕩回充溢了演奏廳
而然未能把誓盟封存
頃刻間
虛幻將來的燦爛，高潮過後
煙火掉落現實

霧燈映照出雙雙剪影
輪廓惘惘流竄街角
瞬息間
將來的夜曲亦惘然

練習

一

微塵發酵混沌
物質斷代
質子中子相靠
磨擦出寧靜的話語
搖動媒介
無名空間傳出力量
牽引電子回旋
從終點到起點
偶然相遇
瞬間泯逝
飛越無光海洋
當年無風時光
煙燒歲月燻出分子
陳年回憶光波
醇化無聲共鳴
釋放思念的頻率

二

無限、誤差、盡力、瑕疵
瞬間、影像、空相、乍現
存在、實在、實踐、複製
機率、再現、重演、預感

上帝杯中骰子乍現
激撞機率
已編導的影像瞬間
瓦解，預感誤差
塵世散髮干預
收納瑕疵　不定性
粒子左派或右傾
原則存在無相本質
虛榮或同情——
徒然測量賭博中的風波

三

徜徉玫瑰耳語
讓冷眼酣暢
眾人的慾望
回避「政治」挑釁
遺忘空氣中刺耳分子

抬頭勘探星宿之間
黑暗物質，發掘層疊
糾結一起的光譜
激發意念升格，分裂出
既正且負的文字

俯瞰地圖邊緣
解構恩仇愛恨的連結
重新編織根源，定義
現代空氣頻率
只爲共鳴的一刹祈禱

虔誠的詩

星河爲人類留下一種迷思
海水從何時開始變鹹
循環在這片共融大洋
浮起渺小巨輪
在藍色地毯上剪開
抵達那個不著邊際的堡壘

——希冀一把，沒有
來源的聲音，一筆一劃
落在路邊溝渠，沿著
既定迷圖，拼湊
一首無音之歌
照亮地底漆黑渣滓

何以掉下來的總是「假如」

努力在膠袋縫隙中擠身向前

偶爾停留玻璃瓶里

一口酒精，鎮靜喘息

當流過古老教堂地窖

嘗試抓緊九又四分之三月台[1]

碰見異國字母，聽聞

上世紀詩篇

潛意識下跟著以拉丁文禱告——

[1] 九又四分之三月台：《哈利波特》書中，人物通往魔法學校的一個站台。

雨水兜轉穿插後依舊象形
眾神在渠口粼粼地招喚
折射出藍色光環
在欄柵後另一片宇宙
提醒身上臃腫污垢
請在有限字數內，給予詩
一種俐落的曲線剪裁

雨季

只有雨滴才懂得度量天與地的距離
曾經聽說涓滴能匯聚川流結成長河
跟從高山流入時間讓節奏回蕩低谷
滲透頑石尖角以支撐鋒芒與空隙之間。
倏地茫然於只有一個方向的黑暗
不由自主向下探索未知範疇
為堅韌的樹根開發通往寧謐地域
體會冰封三尺凍土下孤寂的分秒
其實恐龍和鸚鵡螺化石還會否寫詩？
細胞中水份驅進一連串的化學作用
組織一個或是凶殘或是優雅的軀體；
瞬間消散，水點蒸發後留下拒絕瓦解的微塵
經歷迂迴韻律和幽深平仄，尋覓歸途
遇見入土前長滿尖刺的薊花正在昂首攀登藍天

故事新編

傳聞故事細節是這樣無序前行
壁爐中曾經的火焰隨著煙
將潮濕沉鬱和焦慮焚化爲苦澀
高壓蒸氣流竄緊逼的咖啡粉
過濾了的黑暗沉澱而深邃
餘溫里輕煙麻醉聽故事的人
情節被支解、被粉碎、被坍縮、被斷氣
頃刻長篇小說的屍骸墜入塵土
鮮血和軀體紋畫在街上石塊
音韻與靈魂依舊靠著生鏽的風向標
尋找安息和慾望之間燃燒的縫隙
銅像手握權杖閱覽變幻逝然燭光
晃動了焦點惟有一路爬向最後篇章
趕及故事骨幹枯耗前覘覷杯底的預言

鬼影

陽氣凜然的正午
汗流浹背仍不能蒸發
身後的隨從
沒有面貌的剪影
沉默地俯首稱臣
依附在主人腳跟
回應一切舉手投足

黑夜是出走的高峰
消失捆綁
影子跳脫木偶線
情慾放縱地在夜色中
上演皮影戲
麻醉忘情被標籤為
魑魅魍魎

日與夜，東或西
即便無知影子的思想
強迫勾畫輪廓填上顏色
非人非鬼

一半人，一半鬼
所謂人間
人鬼依靠律師互相溝通
整天對簿公堂

小確幸的溫度

午後茶店
熱紅茶中浮游了紅龜粿
他抬頭，發呆
暗黃燈泡斜照
身上發出的油光
熏香了花生內涵
騷動茶杯中漩渦

一轉身，停下來
他發現
茶杯都在盥洗盤中打轉
清洗不了齒縫溜動的花生屑
濕透反光的額角
亮得烏龜都暗忖

一陣冷氣吹來
洩氣
白開水下
只剩下一堆發抖中的筆劃在賴床

樹

埋一顆種子
爲夢裝上翅膀
離去是爲了回來
前方，或許是
懸崖

拍一下未健全的翅膀
石破天驚
碎石滿地的島國
幼苗，抓不住
泥土

潑一盆冷水
凋零飄搖
再無力量的日子
終點，也許在
彼岸

落一個蘋果
黃葉豐滿零亂
給我一首詩的時間
堅持，逐漸變
光芒

新加坡國家圖書館出版品預行編目（CIP）資料

National Library Board, Singapore Cataloguing in Publication Data

Name(s): 周昭亮.
Title: 万有医始 / 周昭亮.
Other title(s): 文学岛语 ; 002.
Description: Singapore : 新文潮出版社 , 2021.
Identifier(s): OCN 1232449297 | ISBN 978-981-14-8895-5 (paperback)
Subject(s): LCSH: Chinese poetry--Singapore. | Singaporean poetry (Chinese)--21st century.
Classification: DDC S895.11--dc23

文學島語 002

萬有醫始

作 者	周昭亮	
總 編	汪來昇	
責 任 編 輯	洪均榮	
美 術 編 輯	陳文慧	
校 對	周昭亮 汪來昇	
出 版	新文潮出版社私人有限公司	
	TrendLit Publishing Private Limited (Singapore)	
電 郵	contact@trendlitstore.com	

中港台發行　秀威資訊科技股份有限公司
地　　址　台北市內湖區瑞光路 76 巷 65 號 1 樓
電　　話　+886-2-2796-3638
傳　　眞　+886-2-2796-1377
網　　址　https://www.showwe.com.tw

新 馬 發 行　新文潮出版社私人有限公司
地　　址　71 Geylang Lorong 23, WPS618 (Level 6), Singapore 388386
電　　話　+65-8896-1946
網　　址　https://www.trendlitstore.com

出 版 日 期　2021 年 4 月
定　　價　SGD18／NTD250

建 議 分 類　現代詩、新加坡文學、當代文學